ÉPITRE

À

M. CUNCTANS,

LUE A LA SOCIÉTÉ ROYALE DES BONNES LETTRES,

SÉANCE DU 15 JANVIER 1830.

AUTANT il faut de soins, d'égards et de prudence
Pour ne pas diffamer l'honneur et l'innocence,
Autant il faut d'ardeur, d'inflexibilité
Pour déférer un traître à la société.

GRESSET.

PARIS,

IMPRIMERIE DE Mme. V^e. PORTHMANN,

RUE SAINTE-ANNE, N°. 43.

1830.

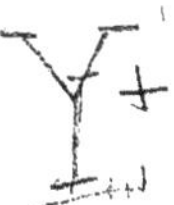

ÉPITRE

À M. CUNCTANS. [1]

(OCTOBRE 1829.)

PUISQUE je suis fixé dans mon petit domaine (2),
D'où je vois les côteaux, la rivière et la plaine ;
Que la pluie, en torrens, se croyant au Verseau,
N'a cessé d'inonder ainsi que le hameau
Dont le fleuve, en ses eaux chaque jour plus gonflées,
Menace d'entraîner les cases désolées ;
  Où je charme l'ennui de garder la maison,
Le matin au billard et le soir au boston ;
Et plus souvent je passe, inquiet, solitaire,
Les nuits à mal dormir, le jour à ne rien faire ;
  Où, privés des rayons d'un soleil qui nous fuit,
Le fruit est sans saveur, ou les arbres sans fruit ;
  Où, quelques jours enfin, sous un ciel qui s'épure,
Je puis de nos jardins voir encor la verdure.
Je veux, mon cher Cunctans, épanchant mon cerveau,
De l'emploi de mon temps te faire le tableau.

(1) Voyez les notes à la fin.

1 *

Peut-être que jouet d'une trompeuse verve,
Mon esprit tenaillant, rimant malgré Minerve,
Je ferai, dans mes vers, grimacer le bons sens ;
Mais tu n'en auras pas douze fois douze cents :
Et j'espère du moins, éloigné de la ville,
Passer, en les faisant, un automne tranquille.

Que j'aime à voir, du sein de son riche appareil,
Le matin, à flots d'or s'élancer le soleil !
Mais il faut le surprendre au milieu des étoiles,
Et ma paresse alors repose à pleines voiles.

Après le déjeûner, c'est mon meilleur repas ;
Sur ma belle terrasse, où je compte mes pas,
J'observe, en promenant, et l'œil vers la rivière,
Que fort mauvais marin, je ne fréquente guère,
Mon voisin Contesenne (*), en son large filet,
Engloutir le barbeau, l'anguille et le brochet.

Puis je vais rendre hommage aux fleurs de mon parterre :
Les roses n'y sont plus, et bientôt, dans la serre,
Bastien (**) va replacer l'arbuste délicat.

Mais combien de bouquets dont j'admire l'éclat !
A côté du velours de la riche amarante,
Rare, mais balancé sur sa tige tremblante,
L'œillet, que j'aime tant, l'œillet s'y voit encor ;
La rose d'Inde offrant ses beaux macarons d'or ;
Sur sa touffe élevé le dalia superbe ;
Le petit réséda qui, s'étalant sous l'herbe,

(*) Le plus intrépide pêcheur du Bas-Meudon.
(**) Mon jardinier.

Au loin embaume l'air de ses douces vapeurs :
Mille autres charmant l'œil par leurs mille couleurs.
Je les quitte à regret et finis ma visite
En saluant d'amour la REINE MARGUERITE (3).

Vers le soir, dans les champs, de mes pas incertains,
Je parcours, en rêvant, tous leurs petits chemins ;
Partout de ses trésors la plaine est dépouillée,
Et, dès long-temps la gerbe à l'aire confiée,
Permet que le chasseur, de son plomb meurtrier,
Ecrase sous ses coups le timide gibier.
Pauvres oiseaux !.... Pourtant, apportés sur ma table,
J'oublie, en les mangeant, leur destin misérable.

Je dîne, souvent mal : le service est bien ;.... mais
L'appétit doit surtout en faire les apprêts.

Quelquefois en extase, au haut de nos collines,
Seul, je contemple au loin les campagnes voisines,
Et ce vallon immense et ces brillans côteaux
Qu'en serpentant la Seine embellit de ses eaux.

Tantôt, me reposant, je vois un pauvre hère,
Courbé sous le fardeau, les ans et la misère.
Je l'appelle ; il s'avance : et placé près de moi,
Nous jasons ; je l'écoute : et puis, au nom du Roi,
Lui glissant la valeur de sa journée entière,
Il regagne, enchanté, sa femme et sa chaumière.

Ah ! que si la fortune eût écouté mes vœux,
J'aurais mis de bonheur à faire des heureux !
Vains désirs ; je vieillis, et l'âge qui chemine
N'apporte autour de moi que tristesse et ruine !

Tantôt mon Despréaux, mon Horace à la main,
Je fais dix fois le tour de mon joli jardin.
En causant avec eux je dépiste une rime
Qu'en vain, depuis deux jours à chercher je m'escrime,
Et tâche qu'en serrant les mots dans leur prison,
Avec elle mon vers enchaîne la raison.
Puis, ramené bientôt vers ma chère musique,
Je m'évertue alors en style chromatique.
    Je n'ai pas, tu le sais, un merveilleux talent;
Ma flûte, sous mes doigts, résonne ingénûment.
Du moderne Amphion, admirant le génie,
J'abandonne aux Tulous sa divine harmonie;
Mais, de ses devanciers adorateur pieux,
Je fredonne humblement leurs airs délicieux ;
Et si, me soumettant au charme de la mode ,
Del grande maëstro j'ose essayer le mode,
Ebloui par l'éclat de ses riches accords,
Et, pour les bien traduire , épuisant mes efforts,
J'interroge en secret ses larges périodes,
Et de ses traits hardis les brillans épisodes ;
Mais je ne rends qu'à moi compte de mes progrès,
Et je jouis tout seul du bruit de mes succès,
Tant je crains le dédain d'une oreille savante,
Ou d'un *bravo* trompeur la faveur décevante !
    Par fois, dans le recueil de mes vieux souvenirs,
Je relis quelques traits de nos jeunes plaisirs.
    Trop souvent!..... agité par le mal qui nous mine
Et du trône ébranlé redoutant la ruine,

J'étends sur l'avenir un regard soucieux ,
Et mon chagrin s'exhale en soupirs douloureux (4).
  L'homme a , dit-on , reçu la sagesse en partage ;
Dieu l'a voulu former tout seul à son image :
Sur la nature entière il étend son pouvoir :
Il n'est rien de caché qu'il ne doive savoir,
Rien que par son génie il ne parvienne à faire ,
Et ne rende bientôt son humble tributaire.
  Du sol qui le soutient, sondant les profondeurs,
Il ravit de leur sein leurs trésors séducteurs.
Porté sur ses vaisseaux dans un autre hémisphère ,
Chez l'habitant sauvage il verse la lumière.
Des plus fiers animaux il maîtrise les mœurs ;
Du marbre qu'il anime il fait couler des pleurs.
  Veut-il recommander les traits de son histoire,
Transmettre à ses neveux ses malheurs ou sa gloire ,
La toile se revêt de brillantes couleurs,
Où s'agitent l'amour , les ris ou les douleurs ;
Le papier, s'emparant d'éloquens caractères ,
Célèbre les hauts faits ou les grandes misères ;
Le fer, le marbre , l'or , sous des arts différens ,
S'élèvent en pompeux ou tristes monumens.
Rien n'échappe aux efforts de son intelligence ;
Il sait des élémens gouverner la puissance.
Dans le tour d'un compas embrassant l'univers ,
Une aiguille le guide au vaste sein des mers (*).

(*) La boussole.

Il a percé des cieux les voûtes immortelles ,
Et son œil en parcourt les routes éternelles.
  Il a tout vu, tout su , tout conquis , tout dompté :
Il vit , surtout en France , en pleine liberté ;
Et pourtant , qui de nous , satisfait dans sa sphère ,
Ne roule en son cerveau quelqu'absurde chimère ,
Et ne songe à servir sa folle vanité
Aux dépens d'un bonheur qu'il a tant souhaité ?
  Parmi tous ses bienfaits , pourquoi la Providence
A-t-elle à l'homme ingrat départi l'éloquence ?
Présent fatal , hélas ! dont l'abus détesté
Brise tous les ressorts de sa félicité ! .....
  Ah ! quand s'appaisera cette ardeur furibonde
Qui gourmande les rois et tourmente le monde !
Qui , dans le fol accès de ses ambitions ,
Voudrait changer le ciel , et , brouillant les saisons ,
Imposer à leur marche un ordre tout contraire ,
Et troubler dans son cours l'astre qui nous éclaire ?
Hélas ! ce que j'ai vu , faut-il le voir encor ?
Toutes les passions reprennent leur essor.
  Entends-tu ces clameurs de sinistre présage ?
Vois-tu ces factieux que la clémence outrage ,
Rampans sous un despote , insolens sous un roi ,
Se faisant du désordre une suprême loi ?
  Je ne me berce plus de trompeuses chimères :
J'ai vu l'homme , le monde et leurs tristes misères.
Quel spectacle , grand Dieu ! quel œil désenchanté
Peut fixer , sans frémir , la folle humanité ?

Celui-ci, tout gonflé d'orgueil et d'arrogance,
Ne veut compter pour rien l'honneur de la naissance ;
Il déteste les rois : le mot de majesté
Ne peut pas s'accorder avec la liberté !
  Celui-là, qui ne doit sa moderne opulence
Qu'au pouvoir protecteur qui gouverne la France,
Dans son petit journal s'érige en potentat ;
Prétend bouleverser les formes de l'Etat ;
Et comblant les écarts de son ingratitude
En d'odieux pamphlets dont il fait son étude,
D'un maître paternel brave l'autorité,
L'outrage ; et, plus hardi par son impunité,
Fait dans les vains transports de sa fougueuse audace,
Contre le trône même entendre la menace.
  De la démagogie irritant les excès,
Et du libéralisme exaltant les succès,
Cet autre, pour servir sa haineuse colère,
Arme, nouveau Marat, la fureur populaire,
Proscrit les citoyens ; dresse les échafauds,
Boursille, pour payer quelque jour les bourreaux :
Ou, gageant d'un jongleur le refrein homicide,
Fait prêcher en chansons un nouveau régicide.
Furieux insensés ! qui n'aperçoivent pas
Le précipice affreux qu'ils ouvrent sous leurs pas !
Et préparent pour tous ! le hideux édifice (*)
Où doit se consommer l'horrible sacrifice.

(*) La guillotine commune à tous !!

2

Puisse, hélas ! s'abuser mon esprit effrayé !
Mais, s'ils ne font horreur, ces monstres font pitié.
    Doucement, diras-tu, voyant couler ma bile (5),
Et tout bas approuvant les ardeurs de mon style :
« Quoi donc ? espérez-vous, votre plume à la main,
» De tous ses ennemis venger le souverain ?
» L'écrivain généreux que le trône intéresse,
» Peut-il impunément, quand sa verve le presse,
» Au fourbe, à l'imposteur dire la vérité,
» Et sur leurs noirs complots répandre la clarté ?
    » Ce n'est qu'aux factieux qu'il est permis d'écrire ;
» Dans leurs affreux journaux ils ont droit de tout dire,
» Et peuvent, s'il leur plaît, armant les passions,
» Exciter ou calmer les révolutions,
    » Eh ! si vous éprouvez le besoin de médire,
» Tant de sujets divers provoquent la satire
» Aux salons, au théâtre et parmi les auteurs.
    » Dé moins fiers ennemis allumez les fureurs :
» A ridiculiser la mode ou la sottise,
» De votre esprit chagrin employez la franchise.
    » Mais surtout de vos cris adoucissez l'aigreur,
» Et qu'en flots moins amers s'épanche votre humeur.
» Songez que des méchans la vengeance est alerte ;
» Qu'un mot vrai, dit trop haut, peut causer votre perte ;
» Et n'allez pas contre eux, dans vos nobles transports,
» D'un généreux courroux déployer les efforts,
» Si vous ne voulez pas, déplorable victime,
» Que, d'un tube lancée, une balle anonyme

» De votre âme, en passant, sépare votre corps
» Et vous envoye ainsi vous plaindre chez les morts. »
   Et quoi! pour un mot dur, qui sans nommer personne ,
Dans mes vers peu flatteurs avec élat résonne ?
Oh non? je les connais moins lâches que méchans.
Au surplus , je fléchis sous le nombre des ans :
Et, près de voir finir ma trop longue carrière ,
Je crains peu de leurs coups la fureur meutrière.
Du temps qui m'est laissé, s'ils abrégeaient le cours,
Leur crime , en m'illustrant, les flétrit pour toujours.
   Je ne saurais d'ailleurs emmieller la satire ,
Et je dis, sans détour, les mots que je veux dire.
Il faut oser parler aux tribuns de son temps,
Et suivant leurs fureurs animer ses accens.
   Horace et Junéval, pressés par leur Minerve,
Ne pouvaient s'exprimer avec la même verve.
Boileau ne devait pas gronder comme Regnier,
Ni du même burin sillonner le papier.
Sur les mœurs qu'ils voyaient accommodant leur style,
Tous deux diversement faisaient couler leur bile.
D'un âge encor grossier gourmandant les défauts,
L'un verse un fiel brûlant qui s'échappe à grands flots ;
Ses vers rudes encore, en ses âpres peintures,
N'émoussent pas les traits dont il fait ses blessures.
   D'un siècle façónné, maniant les couleurs,
L'autre , en vers mieux polis, distillait ses humeurs ;
Et, sous l'urbanité d'une muse élégante,
Enfonçait l'aiguillon de sa plume mordante.

Ah ! pourquoi, dans ce temps haineux et raisonneur,
N'ai-je pas du premier l'énergique vigueur ?
Non qu'en de vains discours, voulant me faire entendre ,
J'aille contre un parti follement me répandre.
On ne me verrait pas , écrivain sans pudeur,
Exciter de Babœuf la sanglante fureur,
Ni d'un vil sénateur que l'audace intimide,
Approuver lâchement le vote régicide.

Mais, devançant l'arrêt de la postérité,
Dans mes vers, chaque jour, mon esprit irrité
Flétrirait ce ramas de nouveaux Erostrates (6),
Bourreaux de leur pays, qui, singeant les Socrates,
Au nom de liberté, leur mot d'ordre banal,
Faux apôtres du bien, sont auteurs de tout mal (*),
Et sans s'inquiéter des titres de leur gloire,
Ni de quel timbre affreux les marquerait l'histoire,
Marchant de crime en crime à la célébrité,
S'en iraient tout sanglans à l'immortalité.

A remplir, il est vrai, la tâche serait forte ;
Des fourbes de nos jours nombreuse est la cohorte ;
Et Juvénal, peut-être, en ses hardis transports,
Pour les étreindre tous ferait de vains efforts.
Mais si le fouet vengeur qui faisait ses blessures,
Ne les sillonnait tous d'ignobles flétrissures ;
Le châtiment d'un seul, fustigé dans ses vers,

(*) Qui curios simulant et bacehanalia vivunt.
Juv. Sat.

Pourrait porter l'effroi, dans le camp des pervers ;
Et, retenant leurs bras prêts à de nouveaux crimes,
Sauver de leur fureur de nouvelles victimes.

Quand le vainqueur de l'hydre, en son divin courroux (7),
Ecrasait les tyrans et brisait sous ses coups
Le monstre de Némée ou celui d'Erymante,
Le bruit seul de son nom répandant l'épouvante,
Faisait trembler au loin le sanglant meurtrier.
Et desséchait le bras qu'un crime allait souiller.

Mais, où m'emporte, hélas ! un vœu trop inutile ?
Il n'est plus de Regnier, de Perse, de Lucile....

Ah ! du moins, quand l'audace, au visage d'airain,
Lève partout un front triomphant et serein,
De Folville attaquant la mise extravagante,
Je n'irai pas lui faire une guerre sanglante,
Me fâcher contre Hébé, parce qu'en ses vieux ans
Elle veut, comme à vingt, s'entourer de galans ;
Et, délayant mes vers dans des carricatures,
Barbouiller de Callot les grotesques figures.

A d'innocens dehors à quoi bon m'adresser ?
Et d'inutiles traits chercher à les blesser ?
Que m'importe qu'Eglé, pour déguiser son âge,
Au rouge, à la céruse emprunte son visage ?
Que me font les chevaux, et les chars et le ton
De tous ces jeunes fous, rivaux de Phaëton ?
Qu'un autre, moins aigri par les succès du crime,
A de pareils sujets accomode la rime,
Et contre nos travers exerçant ses pinçeaux,

De moins sombres couleurs anime ses tableaux.
Au ton gravement gai mon esprit se refuse ;
Celui d'Alceste (*) seul conviendrait à ma muse.

C'est ainsi, cher Cunctans, que, loin de nos amis,
Sans bannir mes terreurs, j'adoucis mes ennuis ;
Excuse-les. Quittant ma chère solitude,
Et bravant les vapeurs de mon inquiétude,
Tu me verras bientôt, de retour à Paris,
Promener ma tristesse et mes regards surpris
Dans cette ville immense où tu passes ta vie ;
Où la science, l'art et l'habile industrie
Nous montrent chaque jour un spectacle nouveau ;
Où le fer, s'allongeant sous les coups du marteau,
Nous permet, tourmenté de toutes les manières,
Sur ses fils suspendus, de passer les rivières.

Où, grâce à nos trottoirs, qui, par souscriptions,
Commencent à filer le long de nos maisons,
Le piéton, sauvé de dangers innombrables,
Et, malgré tous ses soins, souvent inévitables,
Voyage maintenant avec sécurité ;
Mais je n'ose encor dire avec la propreté (8).
Où de l'invention la fille industrieuse,
Remplaçant le travail d'une main plus coûteuse,
La mécanique, un jour, dans son large pétrin,
Proprement désormais brassera notre pain (9).

(*) Personnage principal du Misanthrope.

Où, cédant à l'effort de la vapeur pressée,
Et, par de longs canaux jusqu'aux toits exhaussée,
L'eau, chez chaque bourgeois se rendant le matin,
Arrivera sans frais..... en attendant le vin (10).
Où nous verrons sous peu, dans nos brillans passages,
Faute d'autres chemins, rouler les équipages (11).
Où les arts, les talens, l'un par l'autre excités,
Surprennent à la fois tous nos sens enchantés,
Et nous font, dans ce lieu, séjour de l'harmonie,
Voir, entendre, applaudir les succès du génie.
Où partout l'étranger, jusque dans nos bazars,
Toujours plus étonné, promène ses regards.
Où, plus qu'en tous pays, règne l'indépendance ;
Mais où de vains brouillons, dans leur extravagance,
Confondent la révolte avec la liberté ;
Des lois et du pouvoir sapent l'autorité ;
Et d'un faux optimisme agitant la bannière,
Au milieu de la paix entretiennent la guerre.
Où déjà.....Mais adieu..... je n'ai pas entrepris
De te faire en ces vers le tableau de Paris.

Octobre 1829.

Gorneau D'Huisy.

NOTES.

NOTE (1).

M. *Cunctans* est mon ami depuis quarante ans. C'est le plus digne,
le plus excellent homme que je connaisse. Il est sincèrement attaché
au Roi, à la monarchie, à la légitimité, à la Charte, tous objets
bien autrement sacrés pour lui que pour MM. les libéralistes, qui,
selon lui (1), ne les aiment point, quoiqu'ils affectent de vociférer
sans cesse le contraire dans leurs journaux papelards ; ce qui, pour
beaucoup d'autres que pour moi, serait la démonstration la plus
complète qu'ils ne s'en soucient *nullo modo*.

Avec M. Cunctans, nous avons, dans les beaux jours de 1793,
harcelé de toutes les manières et de toutes nos forces ces honnêtes
jacobins, qui aujourd'hui montrent patte de velours, pour faire
croire à ce bon peuple que, de loups dévorans qu'ils étaient, ils sont
devenus de petits agneaux, mais qui, *selon lui*, s'ils le tenaient une
seconde fois dans leurs griffes, l'affameraient, le pilleraient, l'em-
bastilleraient, et, pour se divertir, l'enverraient encore par charretées
à l'échafaud, au risque d'y passer à leur tour, comme et ainsi que
de raison.

Depuis lors ces braves gens se sont vus contraints d'appaiser leurs
fureurs ; mais, de son côté, en avançant en âge, M. Cunctans a
beaucoup perdu de son caractère et de son énergie. Il est maintenant d'une apathie, d'une hésitation, d'une irrésolution inconce-
vable, tellement, qu'il fait tous ses efforts pour douter de tout.

(1) *Selon moi* et *cependant* sont deux expressions très-familières à M. Cunctans.
La première arrive rarement sans amener le correctif *cependant*.

3

Ainsi, *selon lui*, les libéralistes n'aspirent qu'au renversement de l'ordre de choses existant ; *cependant* il présume qu'ils n'en ont pas la tentation, quoique, *selon lui*, ils y soient tout disposés.

Il applaudit de tout son cœur aux efforts que les royalistes (c'est-à-dire, *selon lui*, ceux qui sont vraiment dévoués au Roi et la Charte) ne cessent d'opposer aux assauts journaliers du *jacobinisme*, déguisé sous le nom fallacieux de *libéralisme*; cependant la physionomie de ce mot le séduit, l'abuse au point qu'il est tout prêt à croire que ces deux dénominations ne sont point maintenant synonimes ; que jacobin et libéraliste n'ont entre eux aucune analogie, quoique, *selon lui* et selon moi, la ressemblance soit si frappante, qu'il nous est bien permis, comme à beaucoup d'honnêtes gens, de nous y tromper.

Selon lui, **MM.** les libéralistes sont en général avantageux, durs, haineux, vindicatifs, pleins d'orgueil et d'insolence ; il est irrévocablement convaincu de leur mauvaise foi, de leur duplicité, de leur profonde hypocrisie. *Selon lui*, lorsqu'ils parlent du Roi et de la Charte, ils ne pensent pas un mot de ce qu'ils en disent ou en écrivent dans leurs journaux décepteurs.

Cependant M. Cunctans fait tout ce qu'il peut pour croire qu'il n'est pas certain, persuadé, convaincu.

Selon lui, MM. B. C. T., C. B. T. et consors sont depuis trente ans en contradiction continuelle avec eux-mêmes, dans leurs actions, dans leurs discours, dans leurs écrits. *Selon* lui, l'un d'eux a successivement caressé, encensé, adulé, aidé de ses excellens conseils la révolution, la Convention, le Directoire et l'Empire, les Cent-Jours, même un peu la Restauration, avant et après lesdits Cent-Jours.

Selon lui, ces messieurs sont de véritables jongleurs, gambadeurs, arlequins politiques, sans pose, sans tenue, sans attitude

franche, précise et déterminée; assez ressemblans, sous ce rapport,
à ces animaux domestiques, flattant, caressant, léchant (*canes*),
qui se tournent et se retournent cent fois sur eux-mêmes, sans
pouvoir adopter une position qui leur convienne.

Aussi, *selon lui*, il est souverainement ridicule d'appliquer à aucun
d'eux, comme l'a fait, je crois, certain journaliste, le *justum et
tenacem propositi virum*, et surtout l'*impavidum ferient ruinæ*.

Selon lui, cependant, ils aiment les ruines; mais il faut entendre
les dépouilles des hommes qui ne leur conviennent point. Car,
selon lui, ils font tous leurs efforts pour opérer un désordre général
dans l'administration, afin de se partager ensuite entre eux et leurs
honorables amis, les places, les honneurs, le pouvoir, objets
constans de leur invariable et jalouse convoitise.

Il voudrait bien qu'on employât des moyens prompts et sévères
pour les arrêter dans leurs projets de destruction et de renversement;

Il approuverait de toute son âme les mesures efficaces que pren-
drait l'autorité pour neutraliser les audacieuses entreprises de la
faction qu'il appelle *directoriale*.

Cependant il tâche de se persuader que cela pourrait n'être pas
nécessaire; qu'il n'entend pas ce qu'il entend, ne pense pas ce
qu'il pense, ne voit pas ce qu'il voit, ne croit pas ce qu'il croit.

Il n'ose dire tout haut ce qu'il se dit tout bas; bref, il est ce que
sont aujourd'hui beaucoup trop de gens, qui laisseraient les choses
marcher de mal en pis, plutôt que de s'armer d'un peu d'indigna-
nation, d'un peu d'énergie, d'un peu de résolution; mais qui,
lorsque le coup viendrait les frapper, s'écrieraient : « *Je l'avais bien
dit qu'il fallait de la fermeté, de l'énergie, de la résolution !* » et se
sentiraient le généreux courage de parler, de se montrer, d'agir
quand il ne serait plus temps.

Tel est mon honnête et digne ami, **M.** *Cunctans*, que j'étais bien aise de faire connaître à mes lecteurs, dont beaucoup lui ressemblent, j'en suis sûr.

Il est *cependant* possible que M. Cunctans n'y voie pas très-distinctement ; qu'il ait des visions cornues ; que la révolution, à travers laquelle nous avons tous deux filé, comme par miracle, lui donne de temps en temps le cauchemar ; qu'il l'aperçoive en songe et même éveillé ; qu'il se trompe sur ce qu'il entend et sur ce qu'il voit.

Selon moi, il en pourrait bien être ainsi ; *cependant* je ne suis pas très-convaincu qu'il soit dans l'erreur :

Le vrai peut quelquefois n'être pas vraisemblable.

NOTE (2).

Dans mon petit domaine : Ma maison de campagne, située au Bas-Meudon, sur le bord de la Seine, vis-à-vis le détroit formé par les deux îles *Séguin* et d'*Issy,* au pied du côteau dit *Montalais,* où mademoiselle Lange, ancienne actrice du Théâtre Français, et devenue madame Simon, a fait bâtir une très-jolie habitation, appartenant aujourd'hui à M. Eugène Scribe, ingénieux et spirituel auteur d'un si grand nombre de si jolis vaudevilles, opéras comiques, etc.

NOTE (3).

La reine Marguerite : Il est aisé de reconnaître ici mon attachement à la royauté. Oui, j'aime les rois et les reines..... Plût à Dieu !..... cela viendra, je l'espère..... Mais, où serai-je ?

NOTE (4).

En soupirs douloureux : Je dois ici une observation qu'exigent la convenance et la politesse.

Cette épître en formait deux d'abord. L'une, adressée à mon ami Mauzin, ancien chef de bureau au Trésor royal.

L'autre était adressée à M. Thierry, mon beau-père, habitant avec moi la jolie maisonnette du Bas-Meudon, et que tout Paris connaît pour sa gaîté, sa franchise, ses joyeux flons-flons et sa goutte....., dont j'ai le bonheur de partager les cruelles et douloureuses faveurs.

Elle commençait ainsi :

> « Puisque trois jours encor, passés loin de la ville,
> » Vous fixent près de moi dans ce séjour tranquille,
> » Souffrez, mon cher Thierry, qu'en proie àmes terreurs,
> » Dans le sein d'un ami j'épanche mes doulenrs.
> » L'homme a reçu, dit-on, etc. »

et se terminait par ces vers :

> « Au ton gravement gai mon esprit se refuse ;
> » Celui d'Alceste seul conviendrait à ma muse !...
> » Adieu, j'irai bientôt vous rejoindre à Paris ;
> » Puissent, à mon retour, s'y calmer mes esprits ! »

Ces deux messieurs ont bien voulu me permettre de réunir les deux en une seule ; mais j'ai cru leur devoir ici cette mention. D'ailleurs M. Cunctans est un de leurs amis.

NOTE (5).

Doucement, diras-tu : C'est M. Cunctans qui m'arrête ici, et son discours est bien dans son caractère actuel.

NOTE (6).

Erostrates : Pour se rendre célèbre et se faire un nom quelconque dans l'histoire, il incendia le magnifique temple d'Ephèse, dédié à Diane.

NOTE (7).

Quand le vainqueur de l'hydre : Hercule. Il abattit l'hydre de Lerne, marais fameux, dans le territoire d'Argos ; le lion de la forêt de Némée, en Elide ; le sanglier de la montagne d'Erymanthe, en Arcadie. Il défit Diomède, qui nourrissait ses chevaux avec de la chair humaine ; Antée, Cacus, Gerion, Bergion et tant d'autres monstres ou brigands qui désolaient l'humanité. Il nettoya aussi les écuries d'Augias. Elles ont été bien négligées depuis. Nous aurions grand besoin d'un nouvel Hercule.

NOTE (8).

Avec la propreté : Il est certain que les trotoirs, d'ailleurs si commodes, sont le plus souvent couverts de mal-propretés et d'ordures. La Compagnie projetée du balayage serait ici bien utile. J'ai beaucoup d'observations à faire à cet égard : ce sera l'objet d'une notice particulière.

NOTE (9).

Pétrira notre pain : Un honnête homme, ami des inventions utiles, ne passait jamais devant un moulin à vent sans ôter son chapeau. Il regrettait amèrement que l'on n'eût pas conservé, par un monument quelconque, le nom de l'inventeur, qui, en effet, méritait bien cette marque de reconnaissance de la part de ses contemporains. Que de conceptions bien moins utiles, souvent même inutiles, sont largement récompensées !

Le nom de M. Selligue, inventeur, je crois, du pétrin mécanique, ne doit donc jamais être oublié. C'est à lui, à son ingénieuse invention que nous devrons de ne plus manger notre pain détrempé par la sueur des garçons boulangers. Ceux-ci, employés à des travaux moins pénibles et moins malsains, s'en porteront sans doute mieux, et nous aussi. *Amen!*

Nota. J'ai cru devoir supprimer les vers suivans, dont les détails ne m'ont pas paru assez relevés, quoique vrais :

> « Où chacun, pour cinq sous, traîné par quatre rosses,
> » Parcourt toute la ville en de vastes carrosses ;
> » Dont le sol des marais, conquis par les maçons (*),
> » Au lieu de petits pois, se couvre de maisons ;
> » Dont la campagne, au loin, par la pierre oppressée,
> » Et par le dur pavé la plaine remplacée,
> » N'offriront bientôt plus que des grès pour gazons,
> » Des égouts pour ruisseaux, des tuyaux pour sillons. »

Beaucoup d'autres détails ont subi le même sort. Je ne veux pas d'ailleurs avoir l'air de chasser sur les terres du *Journal de Paris*, et de lui couper l'herbe sous le pied.

NOTE (10).

En attendant le vin : On a annoncé dans divers journaux la formation d'une Compagnie dont l'objet serait de conduire l'eau de la Seine dans toutes les maisons et à tous les étages..... Il n'est pas encore question du vin ; mais patience, l'entreprise pourrait être fort bonne.

NOTE (11).

Dans nos brillans passages : Ces deux vers ont remplacé ceux-ci :

> « Où par mille conduits que sa flamme termine,
> » Au lieu d'huile aujourd'hui le gaz nous illumine. »

Nota. On assure qu'une Société formée par les plus riches financiers de la capitale doit incessamment soumissionner toutes les rues de Paris, pour les transformer en passages ; spéculation qui amènerait de grandes économies. Plus de pavage, d'éclairage, de balayage, de boueurs aux frais du département, et tant d'autres

(*) *Jam pauca aratro jugera Regiæ*
Moles relinquent. Hor. Ode 15. liv. 2.

accessoires qui disparaîtraient du budget de ses dépenses, en diminuant d'autant les charges des contribuables, puisque toutes rentreraient désormais dans les obligations des propriétaires, qui, à la vérité, loueraient leurs boutiques un peu plus cher.

Mais quand?.... attendu mes soixante-et deux ans, j'ai peu l'espoir de voir se réaliser cette brillante métamorphose.

9 782019 264420